Catalogage avant publication de Bibliothèque et Archives Canada

Anderson, Derek, 1969-

[Ten hungry pigs. Français]

Dix petits cochons affamés / Derek Anderson, auteur et illustrateur; texte français d'Hélène Pilotto.

Traduction de : Ten hungry pigs.

ISBN 978-1-4431-5904-3 (couverture souple)

I. Titre. II. Titre: Ten hungry pigs. Français.

PZ24.3.A53Dif 2017   j813'.6   C2016-905088-2

Édition publiée par les Éditions Scholastic, 604, rue King Ouest, Toronto (Ontario) M5V 1E1.

5 4 3 2 1   Imprimé au Canada 114   17 18 19 20 21

Le texte a été composé avec la police de caractères El Grande. Conception du livre de Charles Kreloff et David Saylor.

Les illustrations ont été créées avec de l'encre, du beurre d'arachide, de la gelée et Photoshop.

À ROGER, LAN, LILY ET
RILEY BOTHWELL, QUI FONT
TOUJOURS LES MEILLEURS FESTINS

BEURRE D'ARACHIDE

GELÉE

DIX PETITS COCHONS AFFAMÉS

DEREK ANDERSON

TEXTE FRANÇAIS
D'HÉLÈNE PILOTTO

Éditions
SCHOLASTIC

UN COCHON.

MIAM! UN SANDWICH AU BEURRE D'ARACHIDE ET À LA GELÉE! C'EST EN PLEIN CE QU'**UN** COCHON AFFAMÉ VEUT MANGER.

– PAS BESOIN D'UN FESTIN. UN GOÛTER SERA BIEN SUFFISANT.

MAIS VOILÀ QUE COCHON NUMÉRO **DEUX** ARRIVE EN COURANT.

BEURRE D'ARAC

LES CORNICHONS DE COCHON NUMÉRO **DEUX** SONT VERTS ET SUCRÉS, ILS NE VONT PAS AVEC LE BEURRE D'ARACHIDE ET LA GELÉE!

— J'ADORE LES PETITS POIS! CRIE COCHON NUMÉRO **TROIS.**

— CORNICHONS ET PETITS POIS? C'EST POUR QUI? DEMANDE COCHON NUMÉRO QUATRE, LA TÊTE COUVERTE DE FRUITS.

NUMÉRO **CINQ** A DU POISSON, NUMÉRO **SIX**, DU MIEL DORÉ. NUMÉRO **SEPT** TIRE UN CHARIOT DE MACARONIS GRATINÉS.

GRATIN III

MIEL

NUMÉRO HUIT LANCE DES CRÊPES SUR L'AMAS DE NOURRITURE.

NUMÉRO NEUF
DÉVERSE LA SAUCE EN
GUISE DE GARNITURE.

C'EST VRAIMENT INSENSÉ!
IL FAUT ARRÊTER
CES COCHONS!

NUMÉRO **DIX** TROUVE QUE ÇA MANQUE DE CRÈME GLACÉE ET DE BONBONS.

AUCUN COCHON

NE MANGERAIT
DU BEURRE D'ARACHIDE,
DES CRÊPES ET DU POISSON,
DE LA CRÈME GLACÉE AVEC
DES MACARONIS,
DES PETITS POIS AVEC
DU MIEL ET DES FRUITS.

COCHON NUMÉRO ONZE AIME CE QU'IL VOIT.

VOILÀ **UN** COCHON

AU VENTRE TOUT
ROND.